P9-EJJ-342

La misión de Editorial Vida es proporcionar los recursos necesarios a fin de alcanzar a las personas para Jesucristo y ayudarlas a crecer en su fe.

BUSCA Y ENCUENTRA EN LA BIBLIA
Primera edición en idioma español publicada por
Editorial Vida © 2004
Miami, Florida

Nueva edición 2008

Publicado en inglés bajo el título:
Seek & Find in the Bible
por Carl Anker Montensen
Copyright © 2003 Scandinavia Publishing House
Drejervej 15, 3rd floor - DK - 2400 Copenhagen NV - Denmark
Tel (+45) 3531 0330 - e-mail: jvo@scanpublishing.dk
Web: www.scanpublishing.dk

Ilustraciones copyright © José Pérez Montero

Traducción: Mercedes Pérez
Edición: Anna M. Sarduy
Diseño de cubierta: Ben Alex
Diseño interior: Nils Glistrup

Reservados todos los derechos.

ISBN – 10: 0-8297-5474-1
ISBN – 13: 978-0-8297-5474-2

Categoría: Juvenil No Ficción / General

Impreso en Singapur
Printed in Singapore

08 09 10 11 12 ❖ 6 5 4 3 2

BUSCA Y ENCUENTRA
EN LA
BIBLIA
EL ANTIGUO TESTAMENTO

CONTRA COSTA COUNTY LIBRARY

Texto por Carl Anker Mortensen

Ilustrado por José Pérez Montero

3 1901 04505 1515

Editorial Vida

EL ANTIGUO TESTAMENTO

CONTENIDO

La historia de Mini Mike no es una historia cualquiera. Se trata de un niño que se llama Mike y de lo que sucede cuando lee la Biblia. En verdad su nombre no es Mike. Su mamá le dice Michael. Sus maestras le dicen Mike, pero como es más pequeño que los demás niños de su edad, los otros niños le dicen Mini Mike.

Él es travieso. Le gusta esconderse y hacer que otros lo busquen. Desaparece dentro de los escenarios , las multitudes o en cualquier lugar que hayan animales jugando.

Es muy divertido estar con Mini Mike, aun en la casa. Cuando él lee su Biblia pasa algo especial. ¡Las historias empiezan a llenar el cuarto! Se hacen más anchas y más grandes. De repente, Mini Mike cae dentro de ellas y después aparece en medio de la acción. En cada historia bíblica emocionante encontrarás a Mini Mike buscando aventuras.

Como es difícil encontrar a Mini Mike cuando se involucra en lo que está pasando, mantén los ojos bien abiertos y busca con cuidado.

Dios crea el mundo

Dios está ocupado creando los animales cuando Mike se aparece. Ahora empieza la diversión. Mike jamás ha visto a la mayoría de estos animales. ¿Reconoces al animal sobre el que él está sentado? ¿Cómo se llama? Recuerda, en este momento, Mike es la única persona en todo el mundo. Ni Adán ni Eva han sido creados cuando llega Mike.

Preguntas

1. ¿Puedes encontrar a los animales que tienen pantalones puestos?
2. Busca la familia de leones
3. ¿Cuáles animales tienen sombreros puestos?
4. ¿Qué está haciendo el elefante más grande?
5. ¿Cuántos de los animales reconoces?
   ¿Cómo se llaman?
   ¿Cómo los llamarías tú si pudieras cambiarles los nombres?

Lee

Génesis 1:24-25

Dios hizo los animales domésticos, los animales salvajes, y todos los reptiles, según su especie. Y Dios consideró que esto era bueno. - *GÉNESIS 1:25*

Noé construye un arca

Aquí esta Noé. Dios le ha dado el trabajo de construir un barco grande. Cuando empiece a llover todo ser viviente que no entre al arca se ahogará. Es el castigo de Dios para los que escogen no escucharlo ni seguir sus caminos. ¿Puedes ver a Noé? Él está tratando de entrar en el arca a dos animales de cada especie. La familia de Noé va a estar segura en el arca. Pero, ¿dónde está Mike? ¿Será rescatado del diluvio también?

Preguntas

1. Busca a Noé. ¿Qué crees que está haciendo?
2. ¿Cuántas especies de animales van caminando hacia el arca?
3. ¿Cómo van a entrar las cotorras?
4. ¿Qué te hace pensar que Noé espera que las lluvias empiecen pronto?
5. Busca a la señora Noé. ¿A qué le tiene miedo ella?

Lee

Génesis 6:13-22

Porque voy a enviar un diluvio sobre la tierra, para destruir a todos los seres vivientes bajo el cielo. Todo lo que existe en la t ierra morirá. Pero contigo estableceré mi pacto, y entrarán en el arca tú y tus hijos, tu esposa y tus nueras. -*GÉNESIS 6:17-18*

La pelea en la Torre de Babel

Aquí hay mucha gente reunida en el mismo lugar. ¿Está Mike aquí también? Están tratando de construir una torre tan alta que llegue hasta el cielo. ¿Crees que puedan terminarla? Esto no agrada a Dios. Él los detiene haciendo que de repente hablen muchos idiomas diferentes a la misma vez. Nadie entiende lo que la persona que está a su lado dice. La gente ya no puede trabajar junta para construir la torre. Mike está buscando alguien que hable danés. ¿Los puedes encontrar?

Preguntas

1. ¿Puedes encontrar la herradura perdida?
2. ¿Qué juegos crees que están jugando los niños con el camello?
3. Busca al hombre con el pie herido. ¿Qué pasó?
4. ¿De qué material están construyendo la torre?
5. ¿Cuántas personas crees que hay en el dibujo? Cuéntalas una por una.
6. ¿Puedes decir «¡A trabajar!» en otro idioma?

Lee

Génesis 11:1-9

Luego dijeron: «Construyamos una ciudad con una torre que llegue hasta el cielo. De ese modo nos haremos famosos y evitaremos ser dispersados por toda la tierra.»
Luego dijeron: «Construyamos una ciudad con una torre que llegue hasta el cielo. De ese modo nos haremos famosos y evitaremos ser dispersados por toda la tierra.»

- *Génesis 11:4*

Los israelitas lloran en Egipto

Estas personas son el pueblo de Dios. Son de la tierra de Israel. Una vez, cuando no tuvieron nada que comer en su país, viajaron hasta Egipto para buscar comida. Después de muchos años en Egipto, le nacieron muchos, muchos hijos, nietos y bisnietos. Faraón, el rey de Egipto, hizo del pueblo de Israel esclavos. ¿Puedes ver los látigos que usaban? Mike está escondiéndose de los encargados de los esclavos. Seguro que tú también lo harías si estuvieras allí.

Preguntas

1. ¿Qué están haciendo los animales?
2. Busca a todos los egipcios con látigos. ¿Cuántos hay?
3. Busca a los otros egipcios. ¿Qué están haciendo?
4. ¿Qué tipo de trabajo hacen las mujeres?
5. ¿Trabajan duro los niños también?
6. ¿Quién no está trabajando? ¿De verdad?

Lee

Éxodo 1:7-14

Mucho tiempo después murió el rey de Egipto. Los israelitas, sin embargo, seguían lamentando su condición de esclavos y clamaban pidiendo ayuda. Sus gritos desesperados llegaron a oídos de Dios. - *Éxodo 2:23*

Los egipcios se ahogan

Cuando Moisés sacó de Egipto al pueblo de Israel, el rey Faraón mandó al ejército egipcio a traerlos de nuevo. Dios rescató a todos los hombres, mujeres y niños ayudándolos a cruzar el Mar Rojo por un camino estrecho de tierra seca. Cuando el ejército egipcio los siguió, las paredes de agua se cayeron y todos los soldados se ahogaron, mientras que el pueblo de Dios estaba seguro ya del otro lado del mar. Mike se siente gozoso por los israelitas. ¿Lo puedes ver?

Preguntas

1. ¿Puedes encontrar al artista que está pintando un cuadro? ¿Qué está pintando?
2. Busca el vendedor. ¿Qué crees que está vendiendo?
3. ¿Cuántos caballos hay que se están ahogando?
4. Busca a los israelitas felices. ¿Por qué crees que ellos están tan contentos?
5. Busca al niño que está montando patineta?
6. ¿Para dónde deben ir ahora los israelitas?

Lee

Éxodo 14:21-30

Los israelitas, sin embargo, cruzaron el mar sobre tierra seca, pues para ellos el mar formó una muralla de agua a la derecha y otra a la izquierda. - *Éxodo 14:29*

La guerra contra los amalecitas

Esto es una guerra. El enemigo es una tribu llamada los amalecitas. El pueblo de Dios, los israelitas, están peleando duro. Mike quiere ver quien va a ganar. Él está mirando a un hombre llamado Moisés que tiene las manos levantadas en el aire. Mientras Moisés mantenga sus manos levantadas, los israelitas seguirán ganando. Tal vez puedes adivinar quién los está ayudando a ganar.

Preguntas

1. ¿Puedes encontrar al hombre que se está bañando?
2. Busca al guerrero que está pidiendo misericordia para salvar su vida.
3. Busca los carretones de los enfermos.
4. Busca el fuego. ¿Crees que la carpa se quemará?
5. Busca al vendedor. ¿Qué está vendiendo? ¿Es el mismo hombre que estaba vendiendo en la escena del Mar Rojo?

Lee

Éxodo 17:8-13

Mientras Moisés mantenía los brazos en alto, la batalla se inclinaba en favor de los israelitas; pero cuando los bajaba, se inclinaba en favor de los amalecitas. - *Éxodo 17:11*

El maná en el desierto

Los israelitas tienen que andar por un largo camino para llegar a su casa en su país. Han estado acampando en carpas y caminando en el desierto por mucho tiempo. Acaban de descubrir que Dios les ha dado una comida nueva. Está por todos lados y parece nieve. Pero, en verdad, es un tipo de pan llamado maná. Mike se da cuenta lo rico que sabe.

Preguntas

1. ¿Cómo puedes distinguir que no es invierno?
2. Busca al hombre que está moviendo la nieve.
3. Busca al hombre que tiene un equipo de esquiar.
4. Mira si los animales también comen el maná.
5. ¿Cuántas personas contentas puedes encontrar?
6. ¿Cuándo fue la última vez que probaste una comida nueva?

Lee

Éxodo 16:12-16

Al desaparecer el rocío, sobre el desierto quedaron unos copos muy finos, semejantes a la escarcha que cae sobre la tierra. Como los israelitas no sabían lo que era, al verlo se preguntaban unos a otros: «¿Y esto qué es?» Moisés les respondió: Es el pan que el Señor les da para comer.

- *Éxodo 16:14-15*

La caída de Jericó

Los israelitas están de nuevo en Israel, donde deben estar. Esta ciudad se llama Jericó. ¿Puedes ver lo que está pasando? Dios le dijo a su pueblo que caminaran alrededor de la ciudad por seis días. Hoy es el séptimo día. Después de darle la séptima vuelta gritaron con todas sus fuerzas y tocaron bien alto sus trompetas. Cuando hicieron eso, Dios hizo que los grandes muros que rodeaban la ciudad cayeran. Mike parece que se asustó y... ¿Se fue corriendo?

Preguntas

1. ¿Cuántos tipos de trompetas puedes encontrar? ¿Puedes encontrar más de ocho?
2. ¿Qué más está haciendo ruido?
3. ¿Quién está caminando en frente del ejército?
4. ¿Hay niños en la multitud?
5. ¿Hasta ahora, cuántas veces le han dado la vuelta a los muros?
6. ¿Por qué tenía Jericó muros a su alrededor?

Lee

Josué 6:1-20

Entonces los sacerdotes tocaron las trompetas, y la gente gritó a voz en cuello, ante lo cual las murallas de Jericó se derrumbaron. El pueblo avanzó, sin ceder ni un centímetro, y tomó la ciudad.

- Josué 6:20

La vida en Israel

El pueblo de Dios está viviendo muy feliz en Isral con libertad. Esto es diferente a vivir como esclavos en Egipto. Les gusta trabajar y hacer que sus campos crezcan y den frutos. Ahora están trabajando en la siega de los viñedos. Usan cajas gigantes. Mike está gozoso. ¿A ti también te gustan las uvas?

Preguntas

1. Busca a los hombres en el viñedo grande. ¿Qué están haciendo?
2. Busca a los niños. ¿Están trabajando también en la siega de los viñedos?
3. ¿Qué tipo de animales de trabajo puedes encontrar?
4. Busca al hombre que está disfrutando la vida.
5. ¿Para qué crees que se usan las jarras?

Lee

Josué 24:13

El Señor tu Dios te hará entrar en la tierra que les juró a tus antepasados Abraham, Isaac y Jacob. Es una tierra con ciudades grandes y prósperas que tú no edificaste, con casas llenas de toda clase de bienes que tú no acumulaste, con cisternas que no cavaste, y con viñas y olivares que no plantaste. Cuando comas de ellas y te sacies, cuídate de no olvidarte del Señor, que te sacó de Egipto, la tierra donde viviste en esclavitud. - DEUTERONOMIO 6:10-12

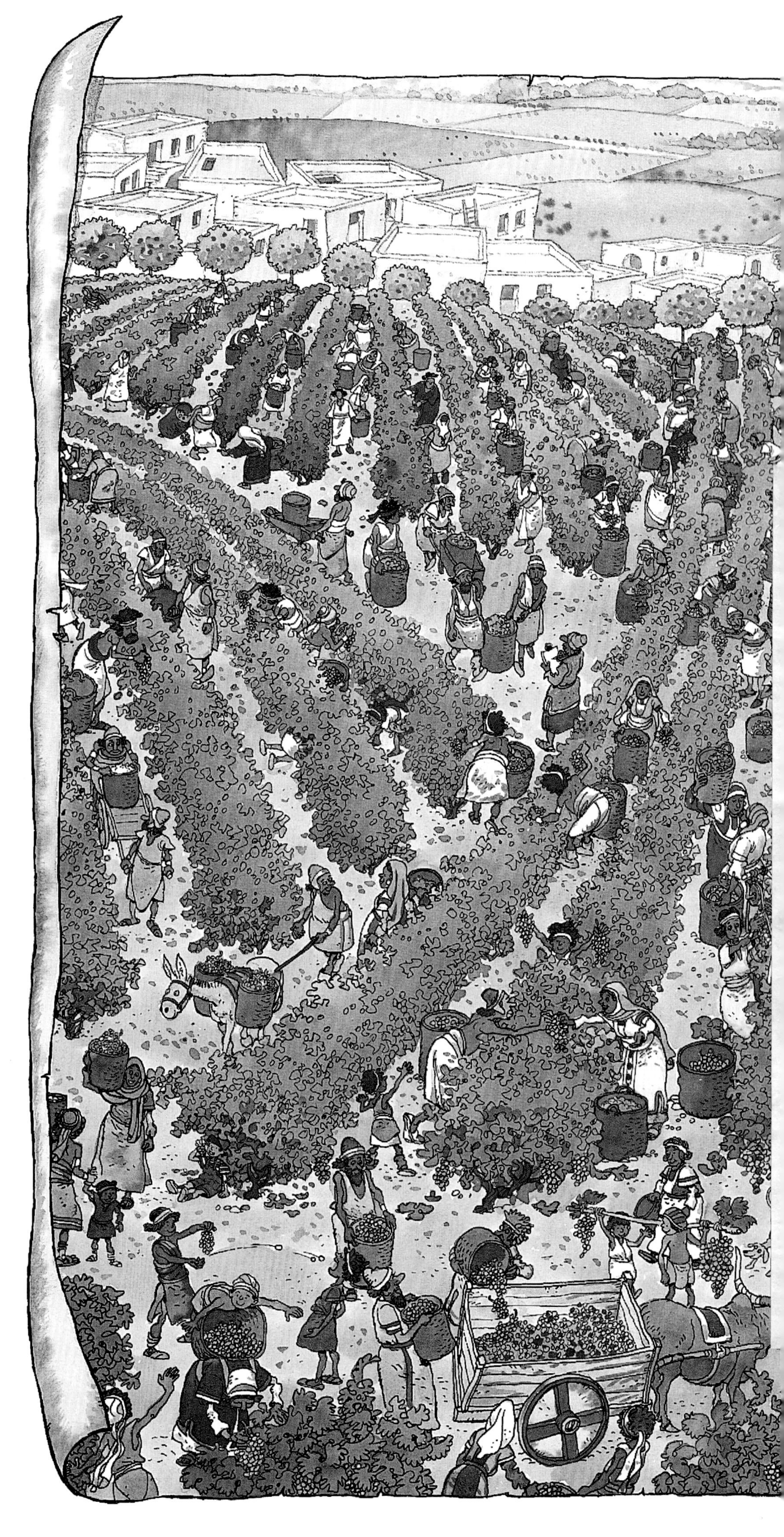

La historia de Sansón

Estas personas son filisteos, los peores enemigos de los israelitas. Pero el hombre parado en medio de las columnas no es un filisteo. Su nombre es Sansón. Los filisteos le sacaron los ojos. Cuando Sansón tiene el pelo largo, como lo tiene ahora, Dios lo hace fuerte. Mmm ... ¿puedes ver como Mike se escapa? En un momento Sansón tumbará las columnas para que el edificio completo se derrumbe. Esta es la forma en que Sansón derrota a los filisteos.

Preguntas

1. Busca al hombre con los globos. ¿Cuántos globos ves?
2. Busca a los dos hombres con cámaras.
3. Localiza a las personas que están escondidas debajo de la mesa.
4. Busca a la mujer que tiene espejuelos puestos.
5. Busca al hombre que está arrodillado.
6. ¿Has encontrado a alguien que esté sonriendo?

Lee

Jueces 16:23-30

Sansón le dijo al muchacho que lo llevaba de la mano: «Ponme donde pueda tocar las columnas que sostienen el templo, para que me pueda apoyar en ellas.» En ese momento el templo estaba lleno de hombres y mujeres; todos los jefes de los filisteos estaban allí, y en la parte alta había unos tres mil hombres y mujeres que se divertían a costa de Sansón. Entonces Sansón oró al Señor: «Oh soberano Señor, acuérdate de mí. Oh Dios, te ruego que me fortalezcas sólo una vez más, y déjame de una vez por todas vengarme de los filisteos por haberme sacado los ojos.» Luego Sansón palpó las dos columnas centrales que sostenían el templo y se apoyó contra ellas, la mano derecha sobre una y la izquierda sobre la otra. Y gritó: «¡Muera yo junto con los filisteos!» Luego empujó con toda su fuerza, y el templo se vino abajo sobre los jefes y sobre toda la gente que estaba allí. Fueron muchos más los que Sansón mató al morir, que los que había matado mientras vivía.

- Jueces 16:26-30

David pelea con Goliat

¡Aquí cayó Goliat, un soldado gigante del ejército filisteo! Ya no dice cosas horribles de Dios ni se ríe de David, el niño pastor de ovejas. David lo mató con una honda y una piedrecita. La piedra le dio a Goliat en el centro de la frente. Ahora los israelitas están saltando de gozo y Mike también.

Preguntas

1. ¿Puedes ver el montón de armas? ¿Por qué crees que los israelitas las dejaron allí?
2. ¿Por qué crees que uno de los hombres se está escapando de la escena?
3. David tiene en su mano la espada de Goliat. ¿Qué crees que va a hacer con ella?
4. ¿Cómo puedes distinguir cuáles son los israelitas?
5. Busca al hombre filisteo que se está mordiendo las uñas. ¿A qué le tiene miedo?

Lee

1 Samuel 17:32-54

Metiendo la mano en su bolsa sacó una piedra, y con la honda se la lanzó al filisteo, hiriéndolo en la frente. Con la piedra incrustada entre ceja y ceja, el filisteo cayó de bruces al suelo. Así fue como David triunfó sobre el filisteo: lo hirió de muerte con una honda y una piedra, y sin empuñar la espada.

- 1 Samuel 17:49-50

David toma el arca del Señor

¡Mike ha llegado a la fiesta! Es una fiesta para celebrar la llegada del arca del pacto de regreso a Jerusalén, la capital de Israel. David ahora es el rey. Él va delante danzando de gozo. El arca del pacto de oro puro es sagrado para los judíos. Se guarda en el lugar más santo, el templo. Los judíos creían que Dios vivía donde estaba el arca. Ahora Dios estará en el medio de la ciudad santa de Jerusalén. Todos están contentos. ¿Puedes ver a Mike danzando también?

Preguntas

1. ¿Cuántos instrumentos musicales diferentes puedes encontrar? Hay ocho.
2. Busca una bicicleta cómica.
3. Busca al guía de turismo.
4. ¿Qué están usando en lugar de «frisbee»?
5. Busca a los niños que están jugando a la carretilla.
6. Da una razón por la que deberías danzar de gozo también.

Lee

2 Samuel 6:1-19

Vestido tan sólo con un efod de lino, se puso a bailar ante el Señor con gran entusiasmo. Así que entre vítores y al son de cuernos de carnero, David y todo el pueblo de Israel llevaban el arca del Señor.

- 2 Samuel 6:14-15

P. Montero

La construcción del templo de Dios

Estas personas están construyendo un templo. Antes de morir el rey David, él dejó todos los materiales necesarios para la construcción del templo listos. Su hijo, Salomón, es el rey ahora. Dios le dijo a Salomón exactamente cómo debía construir el templo. Será bien grande. Es bueno que haya muchos trabajadores de construcción y carpinteros para trabajar. Mike no podrá ayudar mucho, pero se va a quedar para verlos trabajar.

Preguntas

1. ¿Puedes encontrar los trabajadores montados en patines?
2. ¿Cuántos animales diferentes están trabajando?
3. Busca la fila de trabajadores cargando piedras. ¿Cuántos hay?
4. ¿Cómo se enteraron cómo debería verse el templo?
5. ¿Por qué sale humo de la chimenea?
6. ¿Por cuál otra cosa era famoso Salomón?

Lee

1 Reyes 6

Y en el mes de bul del año undécimo, es decir, en el mes octavo de ese año, se terminó de construir el templo siguiendo al pie de la letra todos los detalles del diseño. Siete años le llevó a Salomón la construcción del templo. - 1 Reyes 6:38

Los muros de Jerusalén

¿Has visto alguna vez a tantos trabajadores de construcción trabajando en un proyecto? Los muros de Jerusalén han sido destruidos por los enemigos de Israel y las puertas quemadas hasta el piso. Mike está hablando con alguien. El hombre se llama Nehemías. Él está encargado de toda la reconstrucción de los muros de Jerusalén. Es importante que Israel reconstruya los muros para que se proteja de sus enemigos.

Preguntas

1. ¿Puedes encontrar al hombre que tiene a su burro sobre sus hombros?
2. ¿Dónde está el hombre que está montando patineta?
3. Busca al ratón.
4. ¿Puedes ver al niño que está halándole la cola al gato?
5. Busca dentro de la escena a un canguro.
6. Busca al hombre que está filmando.
7. ¿Cuántos diferentes tipos de animales puedes encontrar? ¿Siete?
8. ¿Puedes señalar al hombre que tiene una espada en su cinturón?

Lee

Nehemías 3

La muralla se terminó el día veinticinco del mes de elul. Su reconstrucción había durado cincuenta y dos días. Cuando todos nuestros enemigos se enteraron de esto, las naciones vecinas se sintieron humilladas, pues reconocieron que ese trabajo se había hecho con la ayuda de nuestro Dios. - NEHEMÍAS 6:15-16

Estas son algunas de las cosas que Mini Mike encontró en su viaje por el Antiguo Testamento. Sin embargo, no recuerda donde fue que las encontró. ¿Puedes ayudarlo?

Preguntas

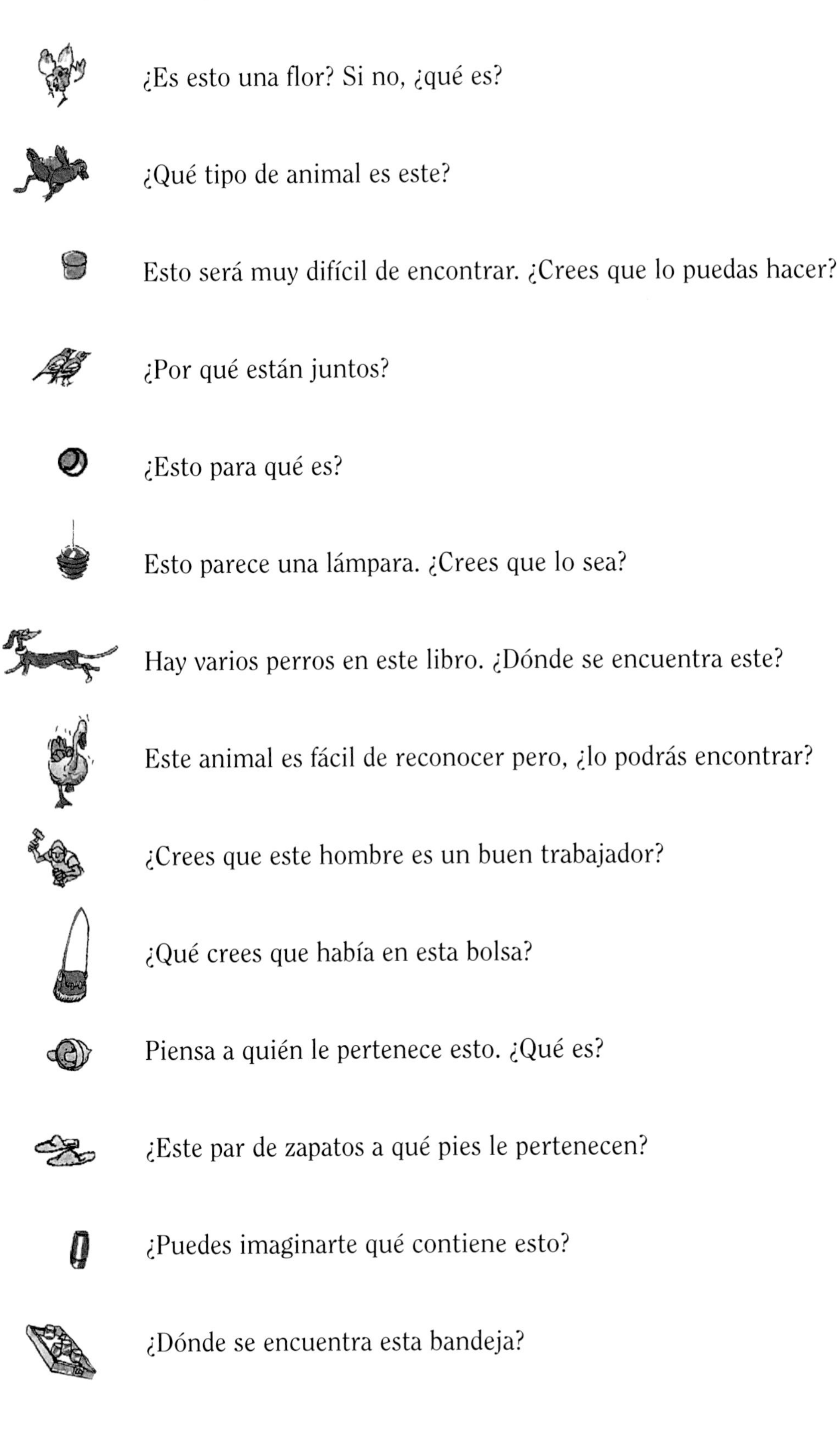

¿Es esto una flor? Si no, ¿qué es?

¿Qué tipo de animal es este?

Esto será muy difícil de encontrar. ¿Crees que lo puedas hacer?

¿Por qué están juntos?

¿Esto para qué es?

Esto parece una lámpara. ¿Crees que lo sea?

Hay varios perros en este libro. ¿Dónde se encuentra este?

Este animal es fácil de reconocer pero, ¿lo podrás encontrar?

¿Crees que este hombre es un buen trabajador?

¿Qué crees que había en esta bolsa?

Piensa a quién le pertenece esto. ¿Qué es?

¿Este par de zapatos a qué pies le pertenecen?

¿Puedes imaginarte qué contiene esto?

¿Dónde se encuentra esta bandeja?

BUSCA Y ENCUENTRA
EN LA
BIBLIA
EL NUEVO TESTAMENTO

EL NUEVO TESTAMENTO

CONTENIDO

El nacimiento de Jesús

Todas las personas que vez aquí son de esta ciudad, Belén, excepto Mini Mike que es de Dinamarca. Todos están en Belén para ser contados y registrados. Mike está aquí para ver al pequeño Jesús. ¿Lo puedes encontrar? Mike está muy emocionado. Le da miedo acercarse más. Jesús es el hijo de Dios. Mike lo sabe pero, ¿crees que los otros también lo sepan? ¿Dónde están los pastores y sus ovejas?

Preguntas

1. Busca el lugar donde las personas van para que las cuenten y las registren
2. Nadie ha contado a las ovejas. ¿Cuántas hay?
3. ¿Quiénes crees que son los tres hombres que van en los camellos?
4. ¿Dónde está el soldado que está a punto de perder su lanza?
5. ¿Puedes ver a los tres niños que están andando muy rápido?

Lee

Lucas 2:1-18

Hoy les ha nacido en la ciudad de David un Salvador, que es Cristo el Señor. Esto les servirá de señal: Encontrarán a un niño envuelto en pañales y acostado en un pesebre.

- Lucas 2:11-12

El niño Jesús en el Templo

Aquí estamos en Jerusalén. Ya Jesús tiene doce años. Algunas veces, como esta, es muy difícil de encontrar. José y María al fin han encontrado a Jesús en el Templo. Mini Mike ya sabía que Jesús estaba aquí, así que él lo encontró primero. Es muy difícil entender lo que Jesús y los ancianos sabios están hablando. ¿Puedes encontrar a Jesús? ¿Dónde crees que está Mini Mike?

Preguntas

1. ¿Cuántos vendedores, o gente vendiendo cosas, puedes encontrar?
2. ¿Puedes ver al niño con la vara de pescar?
3. ¿Dónde está el hombre que le está diciendo a la gente que se calle?
4. ¿Qué está haciendo el hombre que está encima de la escalera?
5. ¿Puedes encontrar la mariposa?

Lee

Lucas 2:41-19

Al cabo de tres días lo encontraron en el templo, sentado entre los maestros, escuchándolos y haciéndoles preguntas. Todos los que le oían se asombraban de su inteligencia y de sus respuestas.

- Lucas 2:46-47

La boda en Caná

Mike se encuentra en una boda muy alegre. ¡Por eso se acabó el vino! Y ahí está Jesús. Él pidió a los sirvientes que echaran agua en los jarros grandes de piedra. Ha convertido el agua en vino. Solo unas cuantas personas saben lo que ha pasado. Mike está esperando para ver las expresiones de sorpresa en sus caras. A él le gustan las fiestas. Él no toma vino, pero le gustaría mucho tomarse una soda.

Preguntas

1. ¿A quien se le vació la botella de vino?
2. ¿Dónde están los dos niños que le están dando de comer a un perro?
3. ¿Quién está montado en patines?
4. ¿Están el novio y la novia en la escena?
5. Busca a los sirvientes que se le está cayendo.
6. ¿Haz visto a un niño montado sobre un perro?

Lee

Juan 2:1-11

Había allí seis tinajas de piedra, de las que usan los judíos en sus ceremonias de purificación. En cada una cabían unos cien litros. Jesús dijo a los sirvientes: —Llenen de agua las tinajas. Y los sirvientes las llenaron hasta el borde.
—Ahora saquen un poco y llévenlo al encargado del banquete —les dijo Jesús. Así lo hicieron.
El encargado del banquete probó el agua convertida en vino sin saber de dónde había salido, aunque sí lo sabían los sirvientes que habían sacado el agua. Entonces llamó aparte al novio.

- *Juan 2:6-9*

Jesús vacía el Templo

Aquí Mike se da cuenta en verdad cuán valiente es Jesús. «¡Salgan de aquí!» Le gritó a la gente que habían hecho del Templo un mercado. Cuando Jesús empezó a virar las mesas pudieron ver que él hablaba en serio. El Templo es la casa de Dios, construido para la oración. Es fácil entender por qué se ven tan asustados los discípulos. Pero ellos saben muy bien que Jesús solo hace lo que Dios quiere que haga.

Preguntas

1. ¿Dónde está la vaca asustada que trata de brincar la pared?
2. Busca el reloj despertador.
3. ¿De dónde salen las palomas?
4. ¿Puedes encontrar un violín?
5. ¿Vez una calculadora?
6. ¿Cuántos animales y cosas describe Juan 2:15-16?

Vea abajo.

Lee

Juan 2:12-21

Entonces, haciendo un látigo de cuerdas, echó a todos del templo, juntamente con sus ovejas y sus bueyes; regó por el suelo las monedas de los que cambiaban dinero y derribó sus mesas. A los que vendían las palomas les dijo: —¡Saquen esto de aquí! ¿Cómo se atreven a convertir la casa de mi Padre en un mercado?

- Juan 2:15-16

Jesús sana a un paralítico

«¡Sabía que me iba a pasar!» Se dice Mike a sí mismo. Él se ha dado por vencido al tratar de acercarse más a Jesús. Pero los cuatro hombres siguen tratando de acercárseles. Ellos quieren que su amigo que es paralítico conozca a Jesús para que lo sane. Por eso lo bajaron en su camilla. Algunas personas piensan que han ido demasiado lejos. Pero Jesús no. Él quiere sanar al hombre.

Preguntas

1. ¿Vez a una madre con un juguetito para su bebé?
2. ¿Cuáles instrumentos musicales puedes encontrar?
3. ¿Dónde está la mujer que ha perdido su rollo de hilo?
4. ¿Puedes encontrar a un niño montado en un velocípedo?
5. Busca al hombre que se está balanceando sobre una silla.

Lee

Marcos 2:1-12

Pues para que sepan que el Hijo del hombre tiene autoridad en la tierra para perdonar pecados —se dirigió entonces al paralítico—.
A ti te digo, levántate, toma tu camilla y vete a tu casa.
Él se levantó, tomó su camilla en seguida y salió caminando a la vista de todos. Ellos se quedaron asombrados y comenzaron a alabar a Dios. —Jamás habíamos visto cosa igual —decían.

- Marcos 2:10-12

Jesús enseña las bienaventuranzas

Ahora, aquí hay espacio suficiente para todos, y todos están escuchando. Bueno, casi todos. Algunos de los niños no le están prestando atención a Jesús. Lo puedes oír desde lejos. «Ora», dice Jesús, «entonces te será dado lo que estás pidiendo.» Mike se dice a sí mismo: «Tengo que recordar eso».

Preguntas

1. ¿Vez a algún animal aquí que no hayas visto hasta ahora en el libro?
2. ¿Cuántos diferentes tipos de pájaros hay?
3. ¿Puedes encontrar a un hombre caminando en zancos?
4. Busca la mata que tiene más gente sentada en ella.
5. ¿Qué niño no puede oír nada de lo que Jesús está diciendo?
6. ¿Quién está más lejos que todos de Jesús?

Lee

Mateo 4:25—5:12

Cuando vio a las multitudes, subió a la ladera de una montaña y se sentó. Sus discípulos se le acercaron, y tomando él la palabra, comenzó a enseñarles diciendo: "Dichosos los pobres en espíritu, porque el reino de los cielos les pertenece.

-Mateo 5:1-3

Una mujer enferma

Jesús esta preguntando: «¿Quién me tocó?» Por eso es que Mini Mike se esconde mientras Jesús da la vuelta. ¿Está molesto Jesús? No, ahora le dice a la mujer que ha sido sanada porque ella cree en él. «Yo también creo», dice Mini Mike en su mente. Pero, afortunadamente, él no está enfermo.

Preguntas

1. ¿Dónde están las personas paradas unas encima de otras?
2. ¿Puedes ver al niño que le está dando dinero a un mendigo?
3. Busca al hombre que está parado sobre sus manos encima de un burro.
4. ¿Haz encontrado a los que están parados al lado de la pared?
5. ¿Vez una computadora?

Lee

Marcos 5:24-34

Al momento también Jesús se dio cuenta de que de él había salido poder, así que se volvió hacia la gente y preguntó:
—¿Quién me ha tocado la ropa?
—Ves que te apretuja la gente —le contestaron sus discípulos—, y aun así preguntas: "¿Quién me ha tocado?"

- Marcos 5:30-31

Jesús alimenta a los cinco mil

Mike está pensando… «Este Jesús es fantástico». Él vio a Jesús tomar los panes y los peces en sus manos y bendecirlos. Aunque Mike estaba muy cerca no pudo ver cómo Jesús lo hizo. Ahora, de repente, hay bastante comida, lo suficiente para las cinco mil personas.

Preguntas

1. ¿Quién tiene más pan?
2. Dos personas y un gato ya se han comido su pescado dejando solo los huesos. ¿Los encontraste?
3. ¿Qué juguetes puedes encontrar?
4. ¿Crees que en ese tiempo la gente tenía globos?
5. ¿Dónde está el fotógrafo?
6. ¿Dónde está Jesús?

Lee

Marcos 6:30-44

Jesús tomó los cinco panes y los dos pescados y, mirando al cielo, los bendijo. Luego partió los panes y se los dio a los discípulos para que se los repartieran a la gente. También repartió los dos pescados entre todos. Comieron todos hasta quedar satisfechos, y los discípulos recogieron doce canastas llenas de pedazos de pan y de pescado. Los que comieron fueron cinco mil.

- Marcos 6:41-44

Zaqueo, el cobrador de impuestos

Zaqueo es un hombre rico y es cobrador de impuestos, pero es muy chiquito Mira arriba en el árbol, allí está Zaqueo. ¿Lo puedes ver? Mike ya lo localizó, pero él casi no puede ver a Jesús. Pero, lo puede oír. Jesús lo está llamando: «Bájate Zaqueo, te quiero visitar hoy.» Qué contento está Zaqueo. Él en verdad desea tener a Jesús de invitado en su casa.

Preguntas

1. ¿Puedes ver a la tortuga?
2. Busca a los dos perros que están parados en sus dos patas traseras.
3. Casi todas las personas están buscando a Jesús o están de camino para verlo. ¿Puedes encontrar a algunas personas que están ocupados con otras cosas?
4. ¿Dónde están las dos personas que van en las camillas?

Lee

Lucas 19:1-10

Llegando al lugar, Jesús miró hacia arriba y le dijo: —Zaqueo, baja en seguida. Tengo que quedarme hoy en tu casa.

- *LUCAS 19:5*

La entrada triunfal

Mini Mike nunca había visto a tantas personas contentas. Jesús es muy popular al entrar a Jerusalén montando un burro. La gente cree que se va a convertir en un rey y Mike los puede oír gritando: «¡Rey de Israel!» y «¡Hosanna!» Mike piensa que suena maravilloso. Puedes ver cómo la multitud mueve hojas de palmas y muchos han puesto alfombras en el camino.

Preguntas

1. Busca al que limpia la calle que está inclinado sobre su escoba.
2. ¿Dónde está el hombre en silla de ruedas?
3. ¿Puedes ver al niño que está jugando con el juguete que hace ruido?
4. ¿Encontraste el hombre que tiene un solo brazo?
5. Busca la sombrilla cerrada.

Lee

Juan 12:12-19

Al día siguiente muchos de los que habían ido a la fiesta se enteraron de que Jesús se dirigía a Jerusalén; tomaron ramas de palma y salieron a recibirlo, gritando a voz en cuello: —¡Hosanna! —¡Bendito el que viene en el nombre del Señor! —¡Bendito el Rey de Israel!

- Juan 12:12-13

El Espíritu Santo llega en Pentecostés

Mike está maravillado. Esto es lo más extraño que él jamás haya visto. Él sabía bien que Pentecostés trataba del Espíritu Santo, pero no sabía que el Espíritu llegaba como fuego. De repente, Mike pudo oír a los discípulos hablando en diferentes lenguas. Hasta pudo oír algunas palabras danesas. Mike le dice a Pedro: «¿Crees que yo pueda recibir el Espíritu Santo también?

Preguntas

1. Busca al artista que está pintando.
2. ¿Dónde están las dos mujeres que llevan en brazos?
3. ¿Puedes ver a una tortuga parada en dos patas?
4. Señala al hombre que está sobre el avestruz.
5. ¿Encontraste la fotografía pequeña de Jesús en la cruz?

Lee

Hechos 2:1-13

De repente, vino del cielo un ruido como el de una violenta ráfaga de viento y llenó toda la casa donde estaban reunidos. Se les aparecieron entonces unas lenguas como de fuego que se repartieron y se posaron sobre cada uno de ellos. Todos fueron llenos del Espíritu Santo y comenzaron a hablar en diferentes lenguas, según el Espíritu les concedía expresarse.

- HECHOS 2:2-4

Los apóstoles sanan a muchos

Para Mike, está muy claro que los discípulos han recibido el Espíritu Santo. Él ha visto como todas las personas a su alrededor han sido sanadas. Por eso es que siguen viniendo más y más personas. Los discípulos dicen que es Jesús el que sana a través del Espíritu Santo, aunque Jesús está en el cielo con Dios. Mike piensa: «Eso es difícil de entender», pero sabe en lo profundo de su corazón que es verdad.

Preguntas

1. ¿Qué está haciendo el hombre que está encima de la mesa?
2. ¿Dónde está el hombre que no oye bien?
3. Busca a las cinco personas que caminan en fila. ¿Por qué están haciendo eso?
4. ¿Puedes ver a algunas de las personas que ya han sido sanadas?
5. ¿Haz visto a un gato travieso?

Lee

Hechos 5:12-16

Era tal la multitud de hombres y mujeres, que hasta sacaban a los enfermos a las plazas y los ponían en colchonetas y camillas para que, al pasar Pedro, por lo menos su sombra cayera sobre alguno de ellos.
También de los pueblos vecinos a Jerusalén acudían multitudes que llevaban personas enfermas y atormentadas por espíritus malignos, y todas eran sanadas.

- *Hechos 5:15-16*

Esteban

Estas personas son muy malas. Esteban les acaba de hablar acerca de Jesús, de cómo murió en la cruz, y ahora lo están apedreando. Mini Mike no le ha dicho a nadie que él cree en Jesús. Pero aun así tiene miedo de que alguien lo pueda ver.

Preguntas

1. ¿Cuántas personas están persiguiendo a Esteban?
2. ¿Cuáles de esos tienen piedras en las manos?
3. ¿Quién más, aparte de Mini Mike crees que está al lado de Esteban?
4. Busca el nido de pajaritos.
5. ¿Dónde están los niños?

Lee

Hechos 6:8-15 y 7:54-60

Entonces ellos, gritando a voz en cuello, se taparon los oídos y todos a una se abalanzaron sobre él, lo sacaron a empellones fuera de la ciudad y comenzaron a apedrearlo. Los acusadores le encargaron sus mantos a un joven llamado Saulo.

- Hechos 7:57-58

La gran multitud con vestiduras blancas

¡Tremenda fiesta! Esta es la mejor fiesta, y la más grande que Mike jamás ha asistido. Junto a estas personas, Mike ha recibido una túnica blanca. Es la boda del Cordero. Mike sabe que el Cordero es Jesús. Todos están dando grandes voces diciendo: «¡Aleluya! ¡Nuestro Señor Todopoderoso reina!» ¿Dónde está Mike? Él está moviendo los brazos y gozándose igual que los otros.

Preguntas

1. Busca al ángel que no tiene cabeza.
2. ¿De qué país y lugares del mundo crees que vinieron estas personas?
3. ¿Dónde está el hombre con barba y espejuelos?
4. ¿Puedes encontrar a un hombre que tiene la mano derecha sobre su corazón?
5. ¿Crees que tendremos que usar espejuelos en el cielo?

Lee

Apocalipsis 19:6-9

¡Alegrémonos y regocijémonos y démosle gloria! Ya ha llegado el día de las bodas del Cordero. Su novia se ha preparado.

- Apocalipsis 19:7

Estas son algunas de las cosas que Mini Mike encontró en su viaje por el Nuevo Testamento. Sin embargo, no recuerda donde fue que las encontró. ¿Puedes ayudarlo?

Preguntas

¿Qué crees que contiene esta botella? Mira a ver si la puedes encontrar.

Este pájaro es fácil de reconocer.

Estas dos personas están muy lejos. ¿Crees que las puedas encontrar?

¿Para qué crees que se usaba esto?

Esto es un cesto de basura. ¿Lo puedes encontrar?

Está claro que este pie va hacia algún lugar. ¿Sabes adónde?

¿Dónde vistes esta bandera?

¿Reconoces este gato?

¿Dónde puedes encontrar esta cara feliz?

Este jarrón se cayó al piso. ¿Qué pasó?

Parece un pájaro, ¿verdad? ¿Dónde está?

Mira a ver si puedes encontrar esta cara.

Esto parece que contiene agua. ¿Dónde lo puedes encontrar?

¿No crees que esto parece un pedazo de cerámica? ¿Lo puedes encontrar?